お手紙まってます

小手鞠るい＝作
たかすかずみ＝絵

WAVE出版

地球《ちきゅう》にすんでいるみなさんへ

はじめまして。
ぼくの名《な》まえは「ルー」といいます。
友《とも》だちからは「ルーくん」とよばれています。
ぼくたちがくらしているのは「カンガルー星《ぼし》」という名《な》の星《ほし》です。

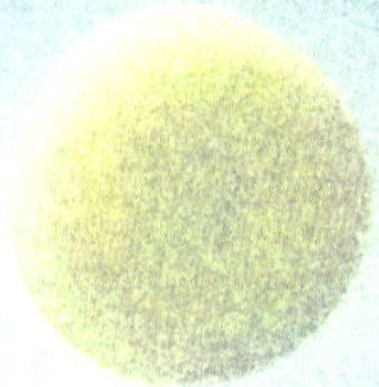

地球《ちきゅう》のすぐそばに、うかんでいます。ときどき、
地球《ちきゅう》からロケットにのって、
たずねてくる人《ひと》もいます。
カンガルーのけんきゅうをするためのようです。
うつくしい星《ほし》です。平和《へいわ》な星《ほし》です。
カンガルー星《ぼし》には、戦争《せんそう》はありません。

ここでは、いろんなしゅるいの
カンガルーがくらしています。
からだの大《おお》きなカンガルー、
木《き》のぼりのとくいなカンガルー、
ねずみみたいに小《ちい》さなカンガルー。
はい色《いろ》の毛《け》をしたなかまもいるし、
おなかの毛《け》が白《しろ》いなかまや、
せなかに黒《くろ》いすじの入《はい》った
なかまもいます。

ぼくたちカンガルーはみんな、
長《なが》いしっぽと、ばねのような
うしろ足《あし》をもっています。
うしろ足《あし》でじめんを
力《ちから》づよくけって、びゅーん、
びゅーん、びゅーん。
風《かぜ》のように自由《じゆう》に、
どこまでも、
とんでいくことができます。

カンガルー星《ぼし》には、いろんなしゅるいの木《き》がたくさん、
カンガルーのこうぶつの草《くさ》もたくさん、そこらじゅうに、
はえています。
おいしそうなきのこや、木《き》の芽《め》もいっぱい。

みなさんのくらしている地球《ちきゅう》に、にていますか？
ぼくはまだいちども、地球《ちきゅう》にいったことがありません。
でもいつか、かならず、いってみたいと思《おも》っています。

さて、ぼくはきょう、地球《ちきゅう》のみなさんに、どうしても
お話《はな》ししたいことがあって、この手紙《てがみ》を
書《か》くことにしました。
いっしょうけんめい書《か》きます。だからきっと、
さいごまで読《よ》んでくださいね。

ぽかぽかとあたたかい、ある春《はる》の日《ひ》のことでした。
ぼくは友《とも》だちといっしょに、ひろい野原《のはら》で、
サッカーをしてあそんでいたのです。
ようし、いくぞ！
さあ、こい！

友《とも》だちが、サッカーボールをけります。
だれかが頭《あたま》でボールをうけて、ぽーんととばします。
すると、べつの友《とも》だちが、しっぽの先《さき》で
うちかえします。
ゴールをまもっているのは、女《おんな》の子《こ》のカンガルーです。
女《おんな》の子《こ》のカンガルーのおなかには、ふくろが
ついています。カンガルー星《ぼし》のサッカーは、
じぶんのチームのふくろのなかに、ボールを
けりいれたら、点《てん》が入《はい》るのです。

ルーくん、いいぞ、がんばれ！
ゴールは目《め》のまえだ！
ぼくは、ゴールにむかって、思《おも》いきり、
ボールをけりました。
ひゅーん……
ああっ！
ちょっと、力《ちから》をいれすぎてしまったかな。

ぼくのけったボールは、ゴールのそばをとおりぬけて、
空《そら》へ、空《そら》のかなたへ、とんでいったかと思《おも》うと、
そのまま、野原《のはら》のむこうにある森《もり》のなかに、すーっと、
すいこまれてしまったのです。
「こまったな」
「こまったね」
「どうすればいい？」
ぼくたちは、みんなで顔《かお》をみあわせて、
くちぐちにつぶやきました。

なぜなら、その森《もり》のなかには、おそろしいおばけカンガルーがすんでいて、みんなからこわがられていたからです。ぼくのおとうさん、おかあさんも、「あの森《もり》には、ちかづいてはいけないよ」と、いつも言《い》っています。

だけど、

「いってくるよ」

と、ぼくはみんなに言《い》いました。

「ボールをさがしにいってくる」

おばけなんて、ちっともこわくありません。
ぼくは、みんなとわかれて、おばけのいる森《もり》を
めざして、はしっていきました。

森《もり》は思《おも》ったよりも遠《とお》くて、はしってもはしっても、
たどりつけません。
それでもあきらめないで、はしっていきました。
どこまでも、どこまでも、はしっていきました。
ふと気《き》がついたら、ぼくのまわりには、
せのたかい木《き》、ひくい木《き》、ごつごつしたみきの木《き》、
あみの目《め》みたいにえだをはりめぐらせた木《き》、
びっしりと葉《は》をしげらせた木《き》、はだかの木《き》、
いままで見《み》たこともなかった木《き》、いろんな木《き》が

よりそうようにして、かさなりあうようにして、
立《た》っていました。

いつのまにか、森《もり》のおくふかくまで、
まよいこんでしまったのでしょうか。
ボールはなかなか、みつかりません。
おかしいなぁ。たしかに、このあたりに、
おちたはずなんだけど。
さがしても、さがしても、みつかりません。
そのうち、空《そら》がだんだん、くらくなってきました。
風《かぜ》もつめたくなってきました。
そろそろ、おうちにかえりたいな。

おなかもすいてきたし。それに、野原《のはら》ではみんなが
ぼくのこと、しんぱいしているだろうな。

あきらめて、ひきかえそうとしていたときです。
あ、みつけた。
なんだろう、これは。
ぼくがみつけたのは、ボールではありませんでした。
ボールよりも小《ちい》さくて、色《いろ》は白《しろ》くて、形《かたち》は四角《しかく》。
ながいあいだ、ここにおちたままだったのか、
ずいぶん古《ふる》くなっていて、ところどころ、
しわになったり、やぶれたりもしています。
ひろいあげて、ぼくは、

「小《ちい》さくて白《しろ》くて四角《しかく》くて古《ふる》いもの」をじっと、みつめてみました。おもてには、じょうずな文字《もじ》が書《か》かれています。はっきりと読《よ》めます。

わたしの
かわいいぼうやへ

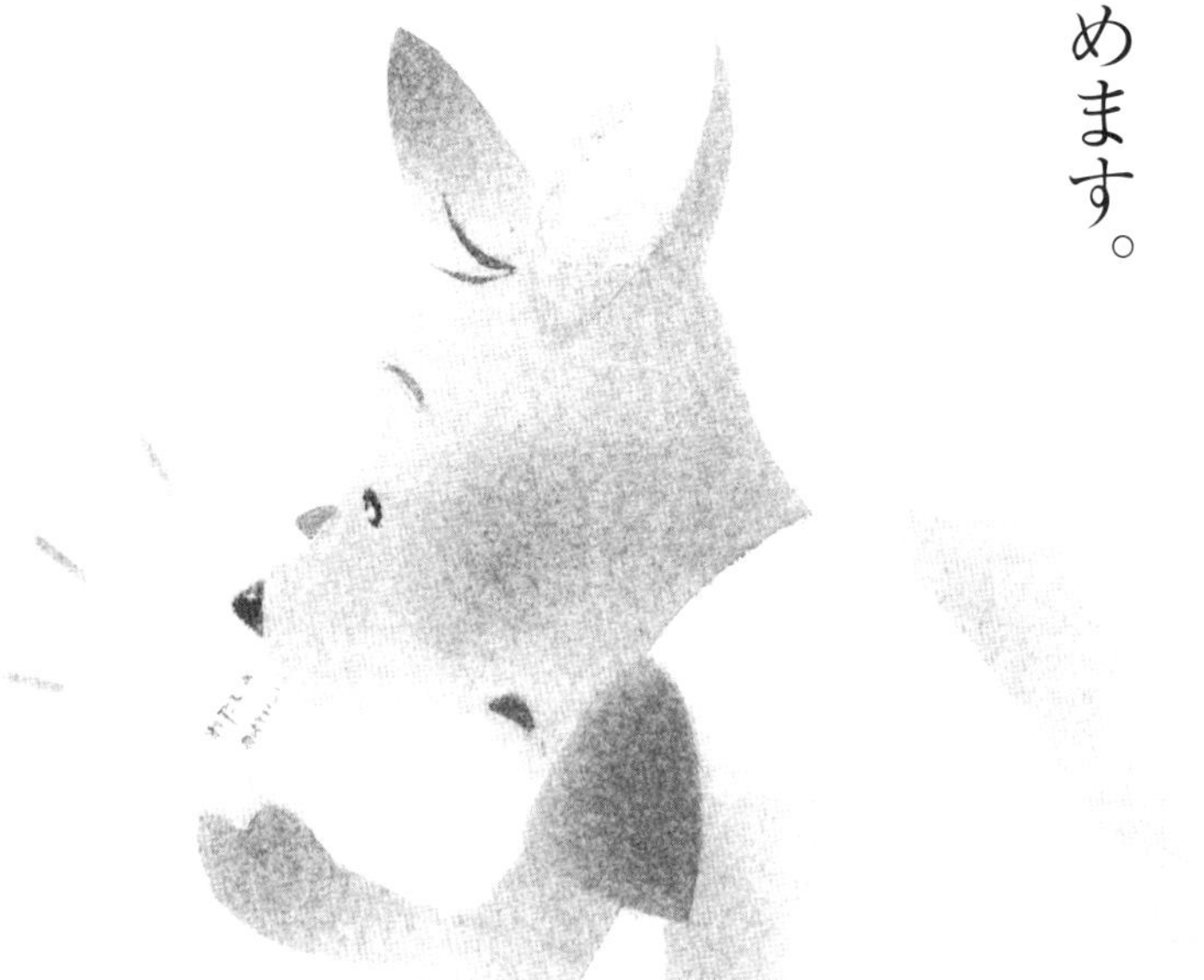

ぼうや？　ぼうやって、いったい、だれのことだろう。
うらがえしてみると、そこには、

あなたのママより

と、書《か》かれています。
そうか、わかったぞ。
これは、だれかのおかあさんが、じぶんの子《こ》どもにあてて書《か》いた、手紙《てがみ》なんだな。
どうして、こんなところにおちていたのかな。

どうしよう。

家《いえ》にもってかえって、おとうさんとおかあさんにみせたほうがいいのかな。

それともぼくが、だれかにとどけてあげるのがいいのかな。

でも、だれに、とどければいいの？

手紙《てがみ》をにぎりしめたまま、かんがえていると、せなかのほうで、だれかの足音《あしおと》のようなものがしました。

足音《あしおと》は、草《くさ》をかきわけるようにして、
ぼくに近《ちか》づいてきます。
ゴソッ、ゴソッ、ゴソッ……
おばけだ！
おばけカンガルーだ！

どうしよう、なんて、ぼくは思《おも》いませんでした。
こういうときは、かんがえるよりも、にげるのがさき。
びゅんびゅんはしって、ぼくは森《もり》からにげだしました。
おばけなんて、ちっともこわくないと
思《おも》っていたけれど、ほんとはちょっとだけ、はぁぁぁ、
こわかった。
野原《のはら》までもどってくると、なかまたちはみんな
「よかった、よかった」と手《て》をたたきながら、
ぼくのまわりに、あつまってきてくれました。

ボールはみつからなかったけれど、ぼくがぶじ、
もどってきたことを、よろこんでくれたのです。

その日《ひ》の夜《よる》のことでした。
ぼくは、森《もり》のおくでひろった
古《ふる》い手紙《てがみ》をあけて、
読《よ》んでみることにしました。

だれかがだれかにあてて書《か》いた手紙《てがみ》を、
べつのだれかがかってに、読《よ》んではいけません。
ぜったいに、いけません。

けれども、このままでは、この手紙《てがみ》は、
だれのもとにもとどきません。

だから、手紙《てがみ》を読《よ》んでみて、もしも
「かわいいぼうや」がぼくのしっている子《こ》だったら、
ぼくはその子《こ》に「ママ」からの手紙《てがみ》を、
とどけてあげたいと思《おも》ったのです。

古《ふる》びた手紙《てがみ》には、こんなことが書《か》かれていました。

わたしのだいすきなぼうやへ

森《もり》へボールをさがしにいったまま、
まいごになって、かえってこない、わたしのぼうや。
かわいいかわいい、世界一《せかいいち》かわいい、わたしのぼうや。
いま、どこにいるの？　どこでくらしているの？

まいにち、元気《げんき》で、ちゃんと草《くさ》をたべているの？
しんぱいで、わたしはまいにち、泣《な》いています。
きょうも、とおくまで、あなたをさがしにいきました。
あしたもいきます。あさってもいきます。
わたしはいつまでも、ここで、まっています。
一日《いちにち》もはやく、もどってきて。
この手紙《てがみ》を読《よ》んだら、きっと、もどってきて。

ひとりぼっちのママより

なんだか、ふしぎなきもちになりました。
なんだか、ぼくにあてて、
書《か》かれた手紙《てがみ》のようではありませんか。
ぼくは、まいごにはならなかったけれど、もしも
ぼくが森《もり》へボールをさがしにいって、そのまま
かえってこなかったら、ぼくのおかあさんは、
こんな手紙《てがみ》を書《か》くのかもしれないと思《おも》いました。
ふと、きょう、森《もり》で耳《みみ》にした足音《あしおと》を思《おも》い出《だ》しました。
もしかしたら、あの足音《あしおと》は、この「ママ」の

足音《あしおと》だったのかな。ママは、
まいごになったぼうやを
さがしているとちゅうで、
この手紙《てがみ》を
おとしてしまったのかもしれない。
だとすると、森《もり》にすんでいるのは、
おそろしいおばけなんかじゃなくて、
まいごのぼうやをさがしている、
ひとりぼっちのママなのではないだろうか。

そこまで思《おも》ったとき、ぼくの頭《あたま》のなかで、
ピカッとなにかがひかりました。
そうだ、いいアイディアがある！
ぼくがへんじの手紙《てがみ》を書《か》こう。
その手紙《てがみ》をママにとどけてあげよう。
そうすれば、ひとりぼっちのママを、
なぐさめてあげることが
できるかもしれない。

森《もり》にすんでいるママへ

やさしいママ、しんぱいしないでください。
ぼくらのボールはみつからなかったけれど、
ぼくは、ママからの手紙《てがみ》をみつけました。
ぼくは、とってもげんきです。
かぞくみんなといっしょに、毎日《まいにち》たのしく
くらしています。

だから、ぼくのことは、しんぱいしないでください。
泣《な》いたりしないでください。
ママは、ひとりぼっちじゃありません。
ぼくたちはみんな、ママのことがだいすきです。
ぼくらといっしょにあそびましょう。
野原《のはら》のサッカーじょうで、まってます。

ルーより

よくあさ、ぼくはだれよりも
はやおきをして、森《もり》までぴょーんとひとっとび。

きのう、足音《あしおと》がきこえたところまでいって、
あたりをさがしてみると、やっぱり！
森《もり》のママのくらしているおうちが、みつかりました。
まるで、おばけやしきみたいな、ほらあな。
なかをのぞくと、ママはまだ、ふかふかの草《くさ》の
ベッドのうえで、すやすやねむっていました。
どんな夢《ゆめ》をみているのかな。
夢《ゆめ》のなかで、かわいいぼうやに会《あ》えているといいなぁ。

ぼくは、ママのおなかについているふくろのなかに、へんじの手紙《てがみ》をそっと、さしいれました。ふうとうはすっぽりと、おなかのふくろにおさまりました。

ぼくたちカンガルーは、生《う》まれたばかりのとき、からだの大《おお》きさはわずか二《に》センチほど、たいじゅうは一《いち》グラムくらいしかないのですが、おかあさんのふくろのなかで、しっかりとまもられて、大《おお》きくなっていくのです。

ぼくがへんじの手紙《てがみ》をとどけた、つぎの日《ひ》のことです。
さあ、いくぞ！
よし、どこからでもかかってこい！
いつものように、ぼくたちは、野原《のはら》で
サッカーあそびをはじめました。
ルーくん、ゴールはここよ。
さあ、しっかりけって！
ぼくは、ゴールにむかって、思《おも》いっきり、
ボールをけりました。

ひゅるひゅるひゅーん……
ああっ！
また、はずしてしまったか。
ボールは空《そら》へ、空《そら》のかなたへ、
森《もり》へ、森《もり》のおくへ、とんでいってしまった？
せっかくの新《あたら》しいボール、
またなくしてしまったら、
どうしよう。

と、そのときです。

森《もり》と野《の》原《はら》のさかいめに、大《おお》きなカンガルーがぬうっとすがたをあらわしました。

おばけじゃありません。

ママです。森《もり》のママです。

ぼくが力《ちから》いっぱいけったボールが、森《もり》のママのおなかのふくろに、ストーンと入《はい》るのがみえました。

なかまたちはみんな、「わあっ」と、大《だい》かんせいをあげました。

すごいなぁ、ルーくん。

すごいシュート、きまったね。

でも、どっちのチームに、点《てん》が入《はい》ったことになるの？

さあ、わかんないよ。

森《もり》のママは、ふくろのなかからボールをとりだすと、
にっこりわらって言《い》いました。

「わたしも、なかまにいれてくれる？」

「もちろんだよ！」

それから、森《もり》のママはぼくらにまじって、

日《ひ》がとっぷりくれるまで、いっしょに
ボールをおいかけていました。

わかれぎわ、森《もり》のママは、
「ああ、たのしかったわ。
こんなにたのしいきもちになったのは、
ほんとうにひさしぶり。ルーくん、お手紙《てがみ》ありがとう。
わたし、とってもうれしかったの。だから、はい、これ、
ルーくんにおへんじ」
そう言《い》いながら、ぼくに、
「白《しろ》くて四角《しかく》くてぴかぴかしたもの」を
わたしてくれました。

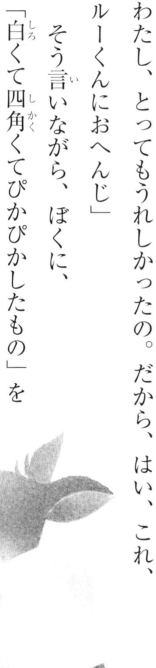

「うわぁ、ありがとう」
「さようなら、またね」
「うん、またいっしょにあそぼうね」

森《もり》のママがもどっていくのはもう、おばけがすんでいる森《もり》ではありません。

ぼくはそのことを、家《いえ》にもどってから、おとうさんとおかあさんにも、おしえてあげました。

それから、ふうとうをあけて、手紙《てがみ》を読《よ》んでみました。

わたしのかわいいぼうや、ルーくんへ

やさしいお手紙《てがみ》、ありがとう。とてもうれしくて、うれしかったから、わたしは泣《な》きました。じつは、わたしのかわいいぼうやは、ずっと昔《むかし》、森《もり》にボールをさがしにいったとき、そこでしんせつな人間《にんげん》にであって、友《とも》だちになって、いっしょに地球《ちきゅう》にいってしまったのです。

ぼうやのゆめは、いつか、地球《ちきゅう》へいくことでした。
だからわたしは、よろこんであげなくては
ならないのに、かなしくて、さびしくて、毎日《まいにち》、
泣《な》いてばかりいました。
ルーくんがみつけてくれたのは、わたしが昔《むかし》に書《か》いた
古《ふる》い古《ふる》い手紙《てがみ》です。
ひろってくれて、ありがとう。
おへんじ、ありがとう。
たくさん、ありがとう。

ぼうやは、いまでは、りっぱなおとなの
カンガルーになって、地球《ちきゅう》でしあわせにくらしています。
ときどき、手紙《てがみ》もとどきます。だからわたしも、
いつまでもめそめそしていないで、これからは
わらいながら、たのしく
くらしていきたいとおもいます。
また、お手紙《てがみ》くださいね。まってます。

もう、ひとりぼっちじゃない、森《もり》のママより

ぼくの話《はなし》は、これで終《お》わりです。

さいごに、地球《ちきゅう》のみなさんに、おねがいがあります。
もしも、みんなのまわりに、
かなしいことがあって、泣《な》いている友《とも》だちや、
けんかしてしまい、なかなおりしたいと思《おも》っているのに、
できないままでいる友《とも》だちや、
ひとりぼっちでさびしそうにしている友《とも》だちがいたら、
手紙《てがみ》を書《か》いてあげてください。

泣《な》かないで、泣《な》かないで、いっしょにあそぼうよ。
このあいだは、ごめんね。ぼくがわるかった。
ゆるしてね。
きみはひとりぼっちじゃないよ、ぼくがここにいるよ。
みじかいことばでもいいし、へたな文字《もじ》でも
だいじょうぶ。
心《こころ》のなかから出《で》てきたことばを、紙《かみ》のうえに書《か》いて、
おりたたんで、ふうとうにいれて、切手《きって》をはったら、
ポストにストーン。

手紙《てがみ》は、ぼくらのきもちをはこんでくれる。
ぼくらのこえをとどけてくれる。
すぐそばにいる友《とも》だちにも、とおいところに
すんでいる友《とも》だちにも。
カンガルー星《ぼし》から、地球《ちきゅう》へも。
カンガルーから、人間《にんげん》へも。

この手紙《てがみ》を読《よ》んだら、ぼくにおへんじをください。
地球《ちきゅう》のことを、おしえてください。
地球《ちきゅう》には、どんなカンガルーがすんでいるのか、
どんな木《き》や草《くさ》がはえているのか、あなたは、
どんなことをしてあそんでいるのか、きみたちは、ぼくは、
地球《ちきゅう》のことがしりたいのです。
お手紙《てがみ》、まってます。
しっぽをながくして。

カンガルー星《ぼし》のルーより

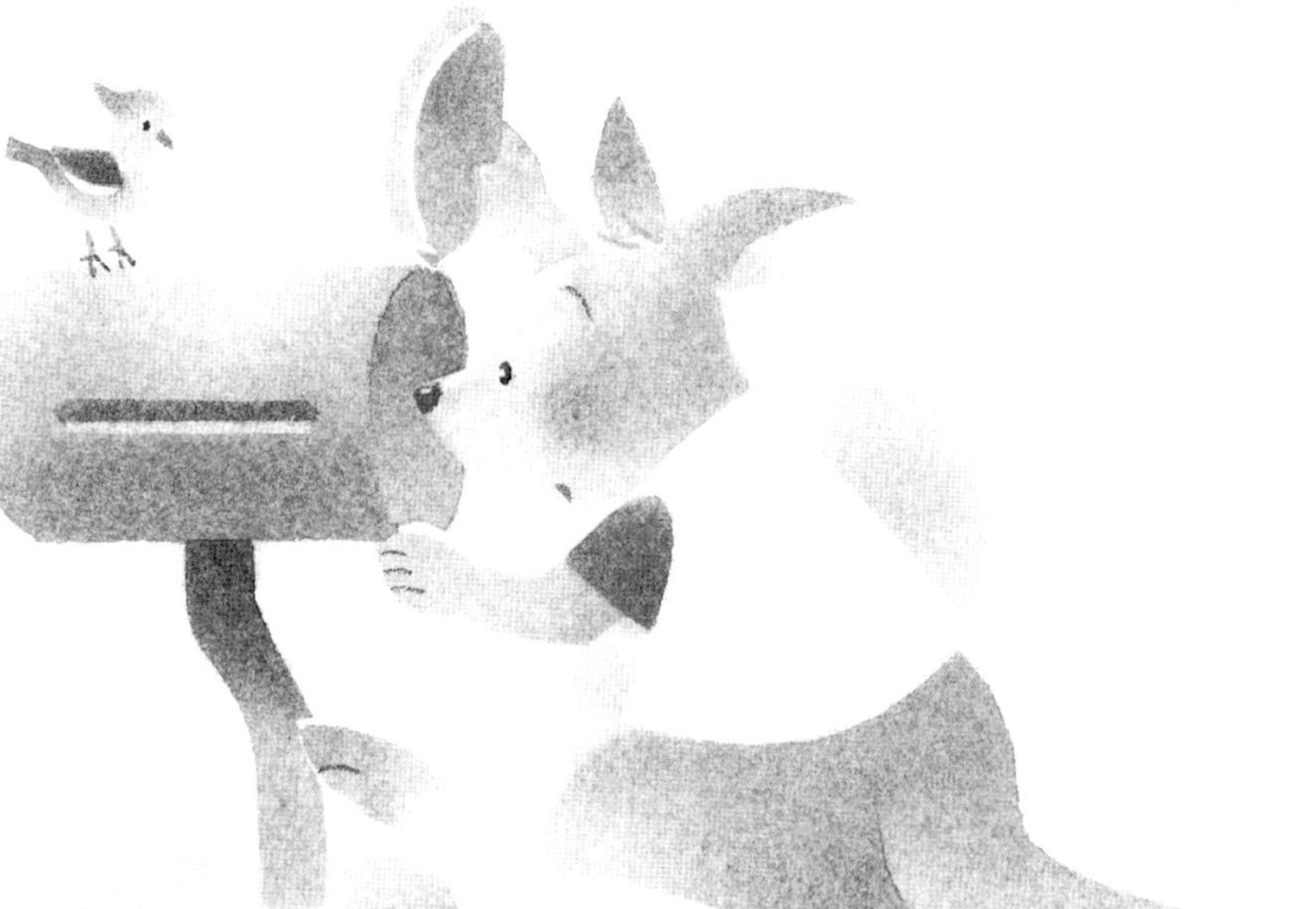

小手鞠るい………こでまり るい

1956年、岡山県生まれ。09年、原作を手がけた絵本『ルウとリンデン 旅とおるすばん』(講談社)でボローニャ国際児童図書賞を受賞。児童書の作品に、『はじめてのもり』『心の森』『くろくまレストランのひみつ』『ひつじ郵便局長のひみつ』(金の星社)、『やくそくだよ、ミュウ』『きょうから飛べるよ』(岩崎書店)、『お菓子の本の旅』(講談社)、『お手紙ありがとう』(WAVE出版)などがある。

たかすかずみ

1957年、福岡県生まれ。作品に『きつねのでんわボックス』『はじめてのもり』『こぐまとめがね』(金の星社)、『ゆうえんちはおやすみ』『なきすぎてはいけない』『やくそくだよ、ミュウ』『きょうから飛べるよ』(岩崎書店)、『お手紙ありがとう』『いのちは』(WAVE出版)などがある。

ともだちがいるよ! ⑫

お手紙まってます

2015年2月25日　第1刷発行

作者 小手鞠るい　画家 たかすかずみ
装丁 こやまたかこ

発行者 玉越直人
発行所 WAVE出版
東京都千代田区九段南4-7-15　〒102-0074
電話 03-3261-3713　FAX 03-3261-3823　振替 00100-7-366376
E-mail info@wave-publishers.co.jp
http://www.wave-publishers.co.jp

印刷 加藤文明社
製本 若林製本

NDC913 72p 22cm ISBN978-4-87290-941-8